달은 아직 그 달이다

달은 아직 그 달이다

이 상 국 시 집

창비

차례

제1부

복국

북쪽에 집을 두고 하루를 왔다
문득 남쪽 섬바다가 보고 싶어

시절은 보리 익는 유월
삼천포 축항머리 오는 저녁에

아는 사람도 없이
주머니에 손을 넣고 오래도록
발전소 굴뚝을 바라보다가

손님이 드문한 집을 찾아들어
손마디보다 어린 복국을 먹었다

나라는 작아도 다시 못 올 것 같아서
한그릇을 다 비웠다

강변역

강변역 물품보관소 옆 벽에는

「밤눈」*이라는 시가 걸려 있다

추운 노천역에서 가난한 연인들이

서로의 집이 되어주고 싶다는 시다

나는 그 시 때문에 볼일이 없는데도 더러 거기로 갔다

바깥이란 말 때문이었다

내가 어디 있는지 몰라

그 시의 바깥에 오래 서 있고는 했다

* 김광규의 시.

그늘

봄이 되어도 마당의 철쭉이 피지 않는다
집을 팔고 이사 가자는 말을 들은 모양이다
꽃의 그늘을 내가 흔든 것이다

몸이 있는 것들은 어느 것 하나 쉬운 게 없다

아내는 집이 좁으니 책을 버리자고 한다
그동안 집을 너무 믿었다
그들은 내가 갈 데가 없다는 걸 아는 것이다

옛 시인들은 아내를 버렸을 것이나
저 문자들의 경멸을 뒤집어쓰며
나는 나의 그늘을 버렸다

나도 한때는 꽃그늘에 앉아
서정시를 쓰기도 했으나
나의 시에는 먼 데가 없었다

이 집에 너무 오래 살았다
머잖아 집은 나를 모른다 할 것이고
철쭉은 꽃을 버리더라도 마당을 지킬 것이다

언젠가 모르는 집에 말을 매고 싶다

표를 하다

물을 버린 나무들이 동네 건달 같다

여름내 가죽을 뚫고 나온 햇송아지의 뿔,

강가의 왜가리들이 내년에 쓰려고

물속에서 한쪽 다리를 들고

거기다 표를 한다

오래도록

울타리 팥배나무에게 젖을 물리던 해도

붉은 산을 넘어가는 저녁,

나에게는 아직 많은 가을이 있지만

이번 가을은 이게 다라고

나도 마음에다 표를 한다

커피 기도

커피점에 온 모녀가

커피가 나오자 기도를 한다

나는 보던 책을 내려놓았다

금방 끝날 줄 알았는데 기도는 길어지고

딸이 살그머니 눈을 떠 엄마를 살피고는

다시 눈을 감는다

하느님도 따뜻한 커피를 좋아하실 텐데……

다음 노래
산목련에게

누구를 사랑하지 않고는 살 수 없지만

사랑한다고 다 가질 수는 없으니

비 오다 그친 아침

젖은 몸으로 만난 그대

기다려다오

내 이 허접한 생을 마치고

어느날 밤처럼 스며들어

그대와 한 이불을 덮는다면

어느 산이 알겠느냐

거지 시인

고 이성선 시인을 그리며

하늘을 너무 쳐다보아

별을 더럽히던* 시인이 떠나도

하늘은 아무것도 모르는 것 같았다

풀과 벌레들의 이름을 불러주다

몸을 버린 시인이 세상을 떠나도

그들의 조문은 고사하고

풀이파리 하나 슬퍼하는 걸 보지 못했다

그는 어느날 거지처럼 빈손으로 집을 나섰는데

그토록 그리워하던 적멸이

무엇 하나 건드리지 않고** 그를 데리고 갔다

* 이성선 시 「별을 보며」에서.
** 이성선 시집 『산시』 서문 일부.

새벽 울음

새벽에 매미가 운다

한참 뜸을 들이다 운다

사나운 꿈을 깨고 마음이 놓였던지

아니면 불러야 할 노래는 많은데

아직 어두우니까

그냥 소리 한번 질러본 건지

몇번 울다가 뚝 그친다

그 힘이 아침을 들어올린다

가을 서사

나는 이파리처럼 가벼워서 두고 가기 좋으나 그래도 해질 때 바닷가 술집에라도 데리고 가면 나의 시가 얼마나 좋아하겠냐며……

그전에 선배 시인이 죽어 화장장 불가마에 들어가는 걸 본 적이 있는데 그것도 모르고 그의 시는 계속 세상을 떠돌았다. 시처럼 가여운 것도 없다.

사람들이 무작정 가을 산에 와 죽으니까 군(郡)에서 자살 수상자 신고하라는 플래카드를 내걸었다. 그래도 어디든 죽음은 제집에 들기 마련이다.

나의 지구에서 가을 하나가 떠나간다. 어둑한 길을 걸어 당도했는데 그래도 그는 나를 두고 간다. 잘 가라 가을.

어성전(魚城田)*

어성전은 오대산 부연동(釜淵洞) 물줄기에 있는데
소한만 지나도 벌써 얼음장 밑으로
별빛 찾아 나서는 어린 연어들과
철 따라 산 드나드는 물고기들의 여관이 있다
거기에는 보잘것없는 절이 하나 있고
경운기 몰고 양양 장 다니는 한 스님이 있어
한해에 몇번씩이나 물속에 돼지머리를 던진다고 했다
그런 날은 먼 동해까지 잔치였다
그 무렵 나는 마음의 불구를 데리고
명산대천에 치성을 드리고는 했는데
어성전은 나를 물고기처럼 대해주었고
거기서는 물이 집이었다
수십년이 지나 어느날
그 스님이 입적했다는 소식을 들었다
그리고 문득 어성전에 가고 싶었다
내가 물소리에 홀렸던 것처럼
스님은 더는 내줄 게 없자 혹 몸을 던져 공양을 한 건 아
닌지

설사 그가 그렇게 물에 들었다 한들
커다란 돼지머리쯤으로 여겼을 저 물속의 어성전
환한 물소리에 몸을 씻고 언젠가
나도 물고기들의 여관에 들고 싶다

* 양양 남대천 상류에 있는 마을.

찬소월가(讚素月歌)

그대는 서른둘에 세상을 버렸으나
나는 마흔 들어 아내를 얻었으니

아지 못해라 사는 일

내가 어려도 어려서
우는 강을 따라
지는 해를 쫓아다닐 적,

저고리에 든 꽃물처럼 그대는
내 속으로 들어왔어라

고향에는 이제 아는 사람 없어도

산천에 봄이 오면
이 산 저 산 꽃이야 피겠지요

그대는 평안북도라 구성 사람이요

이 몸은 동해 양양 사람,

어쩌면 그 먼 길 동무하라고
시라도 서러운 시 남겨준 사람

아시는지 모르지만

아시는지 모르지만 나무 이파리나 풀잎들이 원래는 햇빛을 잘 간수하기 위해 검은색이었지요. 그런데 온갖 풀벌레들의 몸이 초록색이니까 그들의 집이 되어주기 위해 저들도 제 몸을 파랗게 만든 것입니다.

흙도 그렇습니다.
처음 해에서 떨어져나올 때는 불기를 머금어 불그스레했는데 지렁이나 인간 같은 것들이 낯설어할까봐 지금처럼 누렇게 된 것입니다.

겨울 가을 봄 여름 같은 것도 없었습니다.
그러다가 털 없는 짐승이나 날개 가진 것들 혹은 하루살이나 나무들이 골고루 살라고 나중에 하늘이 제 몸을 갈라준 것입니다.

저도 원래는 시인이 아니고 설악산 아래 사는 이름 없는 처사였습니다. 그런데 이런 것도 시라고 쓰면 천지만물이 달려들어 자꾸 제 시의 편을 들어주는 것입니다. 아시는지 모르지만.

남루(襤褸)

지난해 봄 시집을 묶으며

몸을 전부 비웠는데 아직 말이 남았다

누가 시킨 것도 아닌데 한때 그가 찾으면

자다가도 벌떡 일어나던 시절이 있었다

그에게 속을 다 내보이고도 부끄러운 줄 모르거나

어쩌다 제 맘에 드는 생각을 해내고는

길 가다 혼자 웃은 적도 있었다 그러나 생은

날마다 상처를 밀치고 올라오는 새살 같은 것인데,

나의 시는 남루와 같아서

어느날 설악 깊은 골짜기 데리고 가

나뭇가지에 걸어놓고 몰래 돌아오고 싶다

어느날 스타벅스에서

나에게는 이제 남아 있는 내가 별로 없다
어느새 어둑한 헛간같이 되어서
산그늘 옛집에 살던 때 일이나
살이 패리도록 외롭지 않으면
어머니를 불러본 지도 오래되었다

저녁내 외양간에 불을 켜놓고
송아지 나올 때를 기다리거나
새벽차를 타고 영을 넘던 일을 생각하면
지금의 나는 거의 새것이다

그동안 많은 것을 보고 그리워하기도 했지만
그 어느 것 하나 내 것이 아닌
나는 저 산천의 아들, 혹은
강가에 모래 부려놓고 집으로 가는 물처럼
노래하는 사람

나에게는 지금 내가 아는 내가 별로 없다

바퀴처럼 멀리 와 무엇이 되긴 되었는데
나도 거의 모르는 사람이 되었다
어느날 스타벅스에서 커피를 마시는데
그 사람이 나를 물끄러미 바라본다

못을 메우다

마당에 손바닥만 한 못을 파고 연(蓮) 두어 뿌리를 넣었다
그 그늘에 개구리가 알을 슬어놓고 봄밤 꽈리를 씹듯 울
었다
가끔 참새가 와 멱을 감았다
소금쟁이와 물방개도 집을 지었다
밤으로 달이나 별이 손님처럼 며칠씩 묵어가기도 했다
날이 더워지자 개구리를 사랑하는 뱀도
슬그머니 산에서 내려왔는데
그와 마주친 아내가 기겁을 한 뒤로
장에 나가 개 한마리를 구해다 밤낮없이 보초를 서게 했다
그사이 연은 막무가내 피고 졌다
마당이 더는 불미(不美)하지 않았으나
마을에 젊은 암캐가 왔다는 소문이 나자
수컷들이 몰려들어 껄떡대는 바람에 삼이웃이 불편해했고
어쩌다 사날씩 집을 비울 때면 그의 밥걱정을 해야 했다
이런저런 생각 끝에 못을 메워버렸다
마당에 평화가 왔다

제2부

휘영청이라는 말

휘영청이라는 말 그립다

어머니가 글을 몰라 어디다 적어놓지는 않았지만
누구 제삿날이나 되어
깨끗하게 소제한 하늘에 걸어놓던
그 휘영청

내가 촌구석이 싫다고 부모 몰래 집 떠날 때
지붕 위에 걸터앉아 짐승처럼 내려다보던
그 달

말 한마디 못해보고 떠나보낸 계집아이 입속처럼
아직도 붉디붉은,

오늘도 먼 길 걸어
이제는 제사도 없는 집으로 돌아오는데
마음의 타관객지를 지나 떠오르는
저 휘영청

휘영청이라는 말

청명 한식(淸明寒食)

청명 한식 배꽃 피면

물 건너 월리(月里)

경주 이씨 화수회 가셨다가

학도가를 부르며 오시거나

떡장거리 옥희 누나 시집가던 날

상객(上客) 갔다 오실 때처럼

도포 자락 펄럭이며

산굽이 돌아오시는

아버지

유월

　내가 아는 유월은 오월과 칠월 사이에 숨어 지내는데 사람들은 잘 모르고 그냥 지나간다. 유월에는 보라색 칡꽃이 손톱만 하게 피고 은어들도 강물에 집을 짓는다. 허공은 하늘로 가득해서 더 올라가 구름은 치자꽃보다 희다. 물소리가 종일 심심해서 제 이름을 부르며 산을 내려오고 세상이 새 둥지인 양 오목하고 조용하니까 나는 또 빈집처럼 살고 싶어서……

꽃밥 멧밥

아카시아꽃을 씻어
밥 잦을 때 안치면

이밥보다 하얀
꽃밥이 되었다

달착지근하고 허기진 밥
먹으면 목이 메었지

보라색 메꽃 뿌리를 메라 하고
밥솥에 메를 넣으면 멧밥이 되었다

서러운 밥상머리
눈물 나던 밥

지금은 아무도 이런 밥을 안 먹지만
전쟁 나서 배고플 때

우리나라 산천은 나에게
이렇게 향기로운 밥을 거저 주었지

그리운 밀방공이

밀방공이
어렸을 적 내 별명이다

벼나 보리보다 밀방아는 미끄러워서
방공이가 더 반질반질하다 그래서
밀방공이는 어른들 말 잘 안 듣고
꾀나 부리는 아이를 말하는데
그게 나였다니, 참

그때 사람들은 별명을 잘도 붙였다
그게 또 그렇게 지나간 일만도 아닌 것이
나는 지금도 남의 말은 잘 안 듣는다
가령 눈이 내린다거나
부모님이 돌아가시는 일 같은 거 말고는
어떤 때는 내가 내 말도 팽개치면서
그래도 남이 들어주길 바라며
이런 시를 쓰고 있으니
가관이다

이제는 밀농사를 하지도 않고
디딜방아도 없어진 지 오래되었다
그래도 내 안에는 물결치는 밀밭이 있고
어둑한 방앗간이 있어
삐이걱 덜커덩 삐이걱 덜커덩 하며
확 속을 뻔질나게 드나들던 그
길쭉하고 반질반질한 방공이를 생각하면
웃음이 난다

우리 동네 황진이

　동네 마트 건너 목도 시원찮은 골목에 진이(眞伊)가 장어
집을 열었다
　마릴린 먼로 파마를 하고 거기서 저녁마다 나그네들을
기다린다

　이제 송도(松都)는 열 나라를 지나고도 못 가는 곳
　그래도 그곳 사내들은 얼마나 귀엽고 애틋했던가

　글줄이나 읽는다는 이 나라 선비들과 한량들 다 어디 가고
　오백년 조선의 연인이 장어를 굽다니,

　차마 이별이 서러워 동여두었던 동짓달 기나긴 밤의 냉
동 특허나
　저 아름다운 시문(詩文)의 저작권은 누가 다 가져갔는지

　올 때는 새파란 가르마 타고 뭇 사내들 꿈길로 왔으나
　푸르고 붉은 누항(陋巷)의 불빛 서러워

불판을 뒤집으며 울고 있지는 않는지
골목을 오갈 때마다 나는 유리창을 넘겨다본다

미시령

영을 넘으면 동해가 보이고
그 바닷가에 나의 옛집이 있다

수십년 나는 미시령을 버리고 싶었다
돌아오고 싶지 않았다

그러나 내가 집을 비우면 바다가 심심할까봐
눈 오는 날에도 산을 넘고 어떤 날은 달밤에도 넘는다

서울 같은 건 거저 준대도 못 산다며
한사코 영을 넘는 것이다

바다도 더러 울고 싶은 날이 있는데 내가 없으면
그 짐승 같은 슬픔을 누가 거두겠냐며
시키지 않은 걱정을 하는 것이다

그럴 때마다 동해는 네가 얼마나 외로우면 그러겠냐며
남모르게 곁을 주고는 하지만

사실 나는 이런 말을 입 밖에 내지는 못하고
바람이나 나무뿌리에 묻어둔 채
영을 넘고는 하는 것이다

월식하는 밤에

모년 모월 모시에 달이
무서운 벌레에게 잡아먹히거나
한낮에도 천지가 캄캄하게 되는 걸

신라나 바빌로니아 사람들은
저들이 뭘 잘못해서 그런 줄 알고
하늘에 용서를 빌었다는데,

소나 고양이는 물론 모르긴 몰라도
기러기나 고래도 그런 날은 일을 안하고
집에서 아이들이나 보고 있었을 것이다

나무들도 제 몸의 어딘가에
까마귀처럼 새까맣던 날을 새겨두고
그때쯤이면 밖에 안 나갔을지도 모른다

얼마 전 십수년 하늘을 날아
어떤 별에 착륙선을 내려보낸 인공위성이 있었다

세상에, 사람이 그런 기계를 다 만들다니

그런데 앞집에 누가 사는지도 모르는 것들이
그 먼 데는 왜 가는지,

거기 내려도 되는지
그 별에게 물어봤을까?

물텀벙 물텀벙

그전에 어물전 가면
꼼치나 아귀 같은 것들은 좌판 위에 못 앉고
땅바닥에 엎드려 주인 눈치를 보았다
대가리가 몸의 절반은 차지하는데다
몸뚱이도 전혀 볼품없다보니

어부들은 저들이 그물에 걸리면
꼴 보기 싫다고
바로 바다에 던져버리고는 했는데
그때 텀벙 소리가 난다 하여
물텀벙이라고 불렀다

우리나라 어부들은 어딘가 낭만적이다

물텀벙 하면 어쩐지 허전하고
또 뭔가 도와주고도 싶지만
텀벙텀벙 살아 돌아가며
그들은 얼마나 기뻐했을까

지금은 그들도 다 살 만하게 되었다
혹 우리가 어디서 만나더라도
그들의 과거에 대하여 모르는 척하고
잘 안 들리게 별명이나 불러주자

물텀벙 물텀벙

자두

나 고등학교 졸업하던 해 대학 보내달라고 데모했다
먹을 줄 모르는 술에 취해
땅강아지처럼 진창에 나뒹굴기도 하고
사날씩 집에 안 들어오기도 했는데
아무도 알은척을 안해서 밥을 굶기로 했다
방문을 걸어 잠그고 우물물만 퍼 마시며 이삼일이 지났
는데도
아버지는 여전히 논으로 가고
어머니는 밭매러 가고
형들도 모르는 척
해가 지면
저희끼리 밥 먹고 불 끄고 자기만 했다
며칠이 지나고 이러다간 죽겠다 싶어
밤 되면 식구들이 잠든 걸 확인하고
몰래 울 밖 자두나무에 올라가 자두를 따 먹었다
동네가 다 나서도 서울 가긴 틀렸다는 걸 뻔히 알면서도
그렇게 낮엔 굶고 밤으로는 자두로 배를 채웠다
내 딴엔 세상에 나와 처음 벌인 사투였는데

50

어느날 밤 어머니가 문을 두드리며
빈속에 그렇게 날것만 먹으면 탈 난다고
몰래 누룽지를 넣어주던 날
나는 스스로 투쟁의 깃발을 내렸다
나 그때 성공했으면 뭐가 됐을까
자두야

나도 웃는다

아무리 못난 사람도
화를 내거나 우는 사진은 없다

서럽고 쓸쓸한 시를 쓰는 시인도
시집 한구석에서 희미하게 웃고

무정한 세상을 근심하는 노스님도
지상(紙上)에서 이를 드러내고 웃는다

어느 상가(喪家)에 가더라도 고인은 웃는다

그의 여정이 즐거웠던지
혹은 고달팠더라도
한번도 울어본 적이 없는 사람처럼
환하게 웃는다

우리는 모두 웃고 싶다
그것이 자신에 대한 예의이든

사람은 가도 사진은 남기 때문이든
우리는 울고 싶어도 웃는다

나에게는 즐거운 시가 없다
그래도 웃는다
모두 어디가 조금 모자라거나 불편한 것들뿐인데도
그런 시를 세상에 내놓을 때마다
나도 딴사람처럼 웃는다

신발을 찾아 신다

친구 어머니 문상을 했다.

그 나이 되도록 어머니가 살아 계셨다니 얼마나 고마웠
을까.

사십여년 전 겨울, 나의 어머니는 바람 불고 추운 이승을
떠나셨고 출렁거리는 차일 아래 굴건제복(屈巾祭服)을 하
고 엎드렸으나 나의 곡소리가 처량하지는 않았다. 그때 사
람들은 문종이나 초, 쌀, 소주를 들고 와 조문했지만 오늘
나는 지폐로 부조를 했고 죽음은 그때보다 훨씬 품위 있고
슬픔은 세련되었다.

나에게 지금 어머니가 살아 계신다면 어머니를 늘 기쁘
게 해드렸을까?

이런 쓸데없는 생각을 하다가 나는 생전 어머니 걱정대
로 신발이 바뀔까봐 조심스럽게 찾아 신고 장례식장을 나
왔다.

달은 아직 그 달이다

나 어렸을 적 보름이나 되어 시뻘건 달이 앞산 등성이 어디쯤에 둥실 떠올라 허공 중천에 걸리면 어머니는 야아 야 달이 째지게 걸렸구나 하시고는 했는데, 달이 너무 무거워 하늘의 어딘가 찢어질 것 같다는 것인지 혹은 당신의 가슴이 미어터지도록 그립게 걸렸다는 말인지 나는 아직도 알 수가 없다. 어쨌든 나는 이 말을 시로 만들기 위하여 거의 사십여년이나 애를 썼는데 여기까지밖에 못 왔다. 달은 아직 그 달이다.

우란분절(盂蘭盆節)

백중날 삼불사 탑을 돌았습니다

아버지 영가(靈駕)를 안고 돌고 또 돌았습니다

나

우는 소리 들리면 되돌아오려고

아직도 강가를 서성거리는 당신,

우란분절 절에 가 꽃을 바치고

아버지를 업고 탑을 돌았습니다

푸른 밤

지난밤 신라 여자의 브래지어 속에 공화국의 지폐를 넣어주고 그녀의 탬버린에 맞춰 노래를 불렀다. 옛 달이 능너머로 이울고 왕들은 주무시는데 노래를 너무 크게 부른 건 아닌지

나는 왜 나에게 그렇게밖에 못했는지

그때도 도성에 노래하는 여자가 있고 술 마시는 사내들이 있었으리. 자정이 넘어 노래방을 나와 곤하게 누운 황남동* 능길을 걸었다. 노래는 덧없고 밤은 푸르렀다.

* 경주 고분마을.

동해 낙산

파도 소리 들리는 솔숲에서
입술에 붉은 칠을 하고 관음(觀音)은
천년도 넘게 나를 기다린다고 했으나

의상대에서 보아도
오봉(五峰)에서 보아도 보이지 않네

세상은 빈 몸으로 갈 수 없는 곳이니
조개 목걸이나 하고 가라던 행상이었을까
한 사날 묵어가라던 주청리 민박집 여자였을까

오늘도 날이 저물고 다시
검은 바다가 길을 막네

제3부

슬픔을 찾아서

무슨 이런 나라가 다 있냐며
이런 나라 사람 아닌 것처럼 겨울 팽목항에 갔더니

울음은 모래처럼 목이 쉬어 가라앉고
울기 좋은 자리만 남아서

바다는 시퍼렇고 시퍼렇게 언 바다에서
갈매기들이 애들처럼 울고 있었네

울다 지친 슬픔은 그만 돌아가자고
집에 가 밥 먹자고 제 이름을 부르다가

죽음도 죽음에 대하여 영문을 모르는데
바다가 뭘 알겠냐며 치맛자락에 코를 풀고

다시는 오지 말자고 어디 울 데가 없어
이 추운 팽목까지 왔겠냐며

찢어진 만장들은 실밥만 남아 서로 몸을 묶고는
파도에 뼈를 씻네

그래도 남은 슬픔은 나라도 의자도 없이
종일 서서 바다만 바라보네

자비에 대하여

스페인 축구 클럽 레알마드리드가
세비야에 골을 너무 넣으니까
해설자는 보기 안됐던지
마드리드에게 자비가 없다고 한다

인간이 지어낸 말이긴 하나 나는
수천년 마음의 일이었던 자비가
그렇게 격렬한 육체의 일에까지 관여할 줄 몰랐다

얼마 전 한국의 중구청 공무원들이
쌍용차 대한문 농성장을 철거하고
화단을 만들었다고 한다
꽃들이 얼마나 좋아했을까

노동자들의 자비다

자비는 본시 용서나 슬픔의 어머니였는데
지금은 지구상에 거처할 데가 별로 없다

나는 누구에게 자비를 구한 적이 없거니와
감히 그것을 써본 일도 없지만
언젠가 기회가 주어지면

고작 죽은 말이나 따라다니는 시인을 버리고
박지성이 활약했던 맨체스터유나이티드쯤에서
무자비하게 뛰어보고 싶다

도둑과 시인

어느 해 추석 앞집에 든 도둑이
내 차 지붕으로 뛰어내리던 밤,
감식반이 와서 족적을 뜨고
나는 파출소에 나가 피해자 심문을 받았다
성명 주민등록번호 주소 그리고
하는 일 등을 숨김없이 대답했다
그 일이 있고 나는 「달려라 도둑」이라는 시를 썼다
들키는 바람에 훔친 것도 없으니까
잡히지 말고 추석 달빛 속으로
그림자처럼 달아나라는 시였다
그리고 얼마나 지났을까,
경찰서에서 그 사건을 불기소처분한다고
문자메시지를 보내왔다
우리나라 경찰은 몰라보게 편리하고 친절했다
그러나 도둑의 무게만큼 찌그러진 차
지붕을 새로 얹는 데 든 만만찮은 수리비에 대하여서는
앞집은 물론 경찰도 전혀 알은체를 하지 않았다
그 시로 원고료를 소소하게 받긴 했으나

그렇다고 이미 발표한 시를 물릴 수는 없고
그래서 나는 그 도둑이라도
이 시를 읽어주었으면 하는데……

국민을 계도하다

어느날 나는 본의 아니게 국민을 계도했네
'올바른 음주문화 정착' 팻말을 들고
아는 사람 만날까봐 고개를 있는 대로 숙이고
음주 단속하는 경찰 옆에서
딴전을 보며 두어시간 버티면
면허정지 기간에서 깎아주는 열흘을 벌려고 나는
있는 힘을 다해 국민이란 걸 계도했네
그렇잖아도 조잔하고 비굴하게 허겁지겁
어떡하든 살아보려고 애쓰는 사람을
국가라는 게 참 더럽고 치사하게
고작 점심에 소주 몇잔 한 걸 가지고
정말 이렇게 못살게 굴어야 하는지 어디
두고 보자며 국민을 계도했네
근무 끝나면 한잔하자며
새파란 경찰들은 음료수를 나눠 마시고
하루벌이를 마친 선량한 국민들은
그들의 정중한 경례를 받으며
사뭇 거만하게 집으로 돌아가는데

어두운 고가도로 아래서
나는 국민을 계도했네

평양

순안공항을 선회할 때 벌거벗은 산들이 보였다

나무들이 부끄럽겠구나

그리웠다 고조선아

대동강은 유유히 서쪽으로 흐르고

능수나 버들은 곳곳에 늘어졌다

거리에는 낡은 전차들이 달렸으나

흰 저고리에 붉은 스카프를 한 소년 소녀들

산도라지꽃 같다

양각도호텔에서 현대조선문학선집과

들쭉술을 샀다 그리고 슬그머니

북한산 비아그라를 샀다

분발하고 싶다

그리운 고원(高原)*

북쪽은 높다랗고 추운 나라
고원은 거기 있네

날마다 원산 거쳐 철원행 기차가 떠나는 곳
보지 못한 고모가 백발을 빗으며
간혹 문자메시지를 보내네
── 할머이 노망은 없너
── 대포 바다엔 아직 정어리 많이 나너

북쪽은 가난하고 깨끗한 나라
정월 보름날 동네 아낙들 토정비결 봐주던
아버지의 옛 누님이 사는 나라

나하고 통화를 해본 사람들은
내 속에 내 모르는 말투가 숨어 있어
북쪽 사람 같기도 하다는데
보지도 못한 할아버지의 딸 때문에
내 피는 아직 거칠고 뜨겁네

북쪽은 고구려같이 먼 나라
아버지가 안 계시는 것처럼
언제부턴가 나에게는 함경도도 없네
다만 고모 살았다는 높다란 고원만 남아서
문득문득 가고 싶네

* 함경남도 지명.

도하(Doha)에서

도하에 달이 떴다

서울에서 본 그 달이다

아프리카에서 온 듯한 사내들이

공항 바닥에서 자고 있다

아무렇게나 신발을 벗어놓고

새우처럼 잠들었다

몸이 나라다

아프리카에도 달이 뜨고

잠들면 꿈도 꾸겠지

반동가리 반도에서 온 사내도

그 옆에서 꿈을 꾼다

금요일

보통은 금요일 오후에 로또를 산다

시가 안되는 날은 몇장 더 산다

나는 언젠가 내 밭에서 기른 근대로 국을 끓여 먹거나
　머잖아 이웃들에게 상당한 관후(寬厚)를 보이게 될 것
이다

로또는 인류와 동포를 위한 불패의 연대이고
또 그들이 나에게 주는 막대한 연민이다

나는 부자가 되면 시 같은 건 안 쓸 작정이다

어쩌다 그냥 지나가는 금요일은 불안하다
누군가에게 이 세계를 그냥 줘버리는 것 같아서다
그리고 은밀하게 그것을 맞춰보고는

아, 나는 당분간 시를 더 써야 하는구나 혹은

아, 시도 참 끈질긴 데가 있구나 하며

다시 금요일을 기다린다

시인 생각

내가 사는 도시의 한 아파트에서
고양이를 구하던 119 구조대원이 오층에서 떨어졌다
그날 고양이는 걸어서 집으로 돌아갔지만
구조대원은 다시는 출근하지 못했다
얼마 지나지 않아 스물두살
그의 앳된 아내는 유복자를 낳았다
동료들은 슬퍼하며 그를 국립현충원에 묻고자 했으나
국가는 이를 정중하게 거부했다
그가 구한 게 국민이나 정부 재산도 아니고
고작 한마리 고양이였으므로
너무한다고 할 수도 없는 일이었다
고양이들은 오랫동안 국민의 양식을 지켰다
그러나 요즘 쓸데없이 빈둥거리거나
떼로 몰려다니며 연애질이나 하는
그들 편을 들자는 건 아니나
언제부턴가 지상에 농사가 없어지고
쥐들도 도시 생활을 하는 바람에
그들도 반건달이 될 수밖에

세상은 쥐도 살고 고양이도 살아야 한다
이 모든 게 사람이 저지른 일이므로
국가는 그 미망인과 유복자에게
상당한 책임을 져야 한다고 생각한다
나는 그렇게 생각한다

어느날 마포에서

커피점에서 아들을 기다리는데

티브이에서 어느 자동차 공장의 노동자가 또
스스로 목숨을 버렸다는 뉴스가 나온다

죽은 노동자는 기차처럼 젊었다

우리는 모두 살기 위하여 일하지만
일을 위하여
사는 걸 버리는 사람들이 있고

먹어야 얼마나 먹는다고
입을 위하여
몸을 버리는 사람들도 있다

그 사람이 스물몇번째라는데
어딘가에서
계속 밧줄을 걸어주는 사람들도 있을 것이다

죽으면 라면도 못 먹는다

그러나 누구에게나 죽음은 남의 일이고
커피 향이 허기처럼 스며드는 저녁

휴가 나오는 아들과 나는 한끼 밥을 찾아
저 거리로 나설 것이다

존엄에 대하여

며칠째 아무것도 못 먹어서
미안하지만 남는 밥이랑 김치가 있으면
문 좀 두드려달라던 작가는 스스로를 버렸다
식은 밥이나 이웃에게도 그랬겠지만
자기가 쓴 시나리오에게도 떳떳하고 싶었을 것이다

자신의 주검을 치우는 사람에게
개의치 마시고 국밥이나 한그릇 자시라며
제 손으로 목숨을 접은 어느 독거노인은
따뜻한 국밥 몇그릇을 세상에 남겼다
가난했지만
죽음에게까지 예의를 갖추기 위하여
그 소중한 유산을 남겼던 것이다

가라앉은 세월호에서 주검들이 수줍게 떠올라도
아이들 몇몇은 끝끝내 나오지 않았다
그 앳된 나이에 퉁퉁 부은 민낯을
죽어도 보이기 싫었던 것이다

송파 어디선가 월세 살던 세 모녀가
공과금과 마지막 집세를 계산해놓고
한날한시에 세상을 버린 것도
다시는 볼 일이 없더라도
국가와 집주인에게 당당하고자 했던 것이다

그들은 모두 뭔가에게 굽히기 싫었던 것이다

뒤란의 노래

밥 잦을 때면 고추나 가지 찌는 냄새가 조상처럼 떠돌던
그곳 어딘가에 아버지는 나의 태(胎)를 묻었다

배고픈 짐승들이 덫에 핏자국을 남기고 겨울이 가면 울
섶 아래 둥그렇고 둥그런 머위 피던 곳,

장독대 아래 수정(水精)을 묻고 물을 주며 그걸 팔아 먼
데 기차를 타려 했으나 돌은 너무 더디게 자랐고

전쟁이 지나가자 누군가 인공(人共)과 아버지의 번쩍번
쩍* 유물론을 놋그릇처럼 거두어가고 나는 수복(收復)의 땅
에서 녹슨 탄피를 주워 공책을 샀다

나는 지금도 피난의 죽고 넘어지는 꿈을 꾼다 그리고 나
의 시는 한번도 국경을 넘어보지 못했다

아직도 먼 데서 포성이 울고 어린 누이는 로스께를 피해
대숲에서 울고 있다

* 변증법적.

겨울 가뭄

나라 서쪽 땅을 돌아 매창(梅窓)의 무덤에 한잔 술을 올리고 질마재에서 산 이름이나 외고 계시는 미당에게 절했다. 들판의 봄동이 각혈 같았다.

저기 첩첩 지리산 몸에 신분증을 감춘 곰들이 자고 있을 것이다. 털외투 속 깊숙이 몸을 묻고 꿈도 꾸겠지. 잘 자거라 누군가 아름다운 쓸개를 가지러 올 때까지.

진도 앞바다에서 울던 슬픔이 집까지 따라왔다. 자루 속의 쥐 같은 반도의 청춘에서 해방시켜준 나라가 고맙다고 나 같은 걸 잡고 울었다.

그런 날 학원에서 돌아오는 아이들이 날리는 문자메시지가 불티처럼 먼 곳으로 날아갔다. 그곳이 어디든 갔다가 돌아오거라 그래도 내일들아.

몇날 며칠 눈을 맞으며 요동쯤 가고 싶다. 밤으로 집이 울고 꿈에 외롭고 굳센 사람들이 보였다.

제4부

사흘 민박

무청을 엮던 주인이 굳이 뭐 하는 사람이냐고 해서
시 만드는 사람이라고 일러주었으나
노는 가을 며칠을 거저 내주지는 않았다
세상의 시인이 그러하듯 오늘도
나 같은 게 있거나 말거나
주인 내외는 근사하게 차려입고
읍내로 잔치 보러 가고 나는
지게처럼 담벼락에 기대어
지나가는 가을을 바라보았다
나보다 나를 잘 아는 건 없었으나
별로 해준 게 없었다
돌아가면 이 길로 지구를 붙잡아매든가
아이를 하나 더 낳았으면 좋겠다
스승은 늘 분노하라 했으나 때로는
혼자서도 놀기 좋은 날이 있어
오늘은 종일 나를 위로하며 지냈다
이윽고 어디선가 시커먼 저녁이 와서
그쪽으로 들오리떼 폭탄처럼 날아간 뒤

나는 라면에 고춧가루를 듬뿍 넣고
땀을 흘리며 먹었다

어느날 저녁

마트에서 돌아오는데
간지럼 혹은 무슨 즐거움 같은 게
나를 슬쩍 건드리고 지나간다
비닐봉지에 든 맥주였을까
저만치 가는 여자의 단발머리일까
하여튼 집으로 돌아오는데
수줍은 듯한 어둠도 그랬지만
서늘한 가로등도 나를 아는 것 같았다
이런 적이 별로 없었다
나는 늘 저녁의 골목을
집 나갔다 오는 아이처럼
고개를 숙이고 돌아오고는 했는데
오늘은 달랐다
차오르는 어둠에 아무렇게나 몸을 적신 나를
무슨 희망 같은 게
물고기처럼 툭 치고 지나가는 것이었다
나중에 생각해보니까
그때 골목길에는 나밖에 없었고

소년처럼 반바지를 입은데다

비닐봉지를 든 나를 그렇게 건드리고 간 것은

아무래도 나인 것 같았다

쫄딱

이웃이 새로 왔다
능소화 뚝뚝 떨어지는 유월,

이삿짐 차가 잠깐 사이 그들을 부려놓고
골목을 빠져나갔다

짐 부리는 사람들 이야기로는
서울에서 왔단다

이웃 사람들보다는 비어 있던 집이
더 좋아하는 것 같았는데

예닐곱살쯤 돼 보이는 계집아이에게
아빠는 뭐 하시냐니까

우리 아빠가 쫄딱 망해서 이사 왔단다

그러자 골목이 갑자기 환해지며

그 집이 무슨 친척집처럼 보이기 시작했는데

아, 누군가 쫄딱 망한 게
이렇게 반갑고 당당할 줄이야

새벽

뒷집 부부가 싸움을 한다

누가 들을까봐

어둠으로 가려보지만 턱도 없다

나도 밤중에 그래봤다

아이들 잠 재워놓고 컴컴하게

뒷집이 힘든 모양이다

언제 떠나 새벽까지 왔는지

남자가 언성을 높이면

여자는 그 소리를 누르느라 애를 쓰는데

그걸 새벽이 다 듣고 있다

아저씨

해가 지는데

어떤 아저씨가 내 속으로 들어왔다

먼 길을 걸어왔는지 바람의 냄새가 났다

아저씨는 바퀴처럼 닳았다

그래도 아저씨는 힘이 세다

아저씨라는 말 속에는

모든 남자들의 정처(定處)가 들어 있다

어두워지는데

어디서 본 듯한 아저씨가 내 속으로 들어왔다

더 갈 데가 없었는지

제집처럼 들어왔다

그래도 그렇지

저녁에 학교 운동장을 돈다

앞서가는 중년쯤의 여자 둘이
군대처럼 팔을 휘저으며
엉덩이를 실룩거리며 걷다가
무슨 얘기 끝에 갑자기 언성을 높인다

종일 당하기만 하다가
간만에 고를 했는데 글쎄
씨팔년이 바닥 패를 보면 알지
똥광을 내야 하는데 비피를 내고 자빠졌지 뭐야

그렇게 해서 바가지를 쓰고
분이 아직 풀리지 않았는지
어둠속에서 씩씩거리며 운동장을 돈다

땀을 뻘뻘 흘리며 몇바퀴 더 돌거나
하룻밤 자고 나면 좀 누그러지겠지만

그래도 그렇지

누군가 광이 필요한데 피를 주면 못쓴다

동네 치킨집을 위한 변명

눈은 오다 그치고 어쩌다
한잔 생각이 간절한 저녁,

가게들이 더러 셔터를 내리는 그 시간에
마누라 눈치를 보아가며 기어이
후라이드 반 양념 반을 주문한다면
치킨집 주인도 좋아하겠지

벌거벗은 채 차례를 기다리던 닭들도
얼른 기름 가마 속으로 들어가며 몸을 풀겠지만
저녁 내내 어정거리던 알바 청년은
얼마나 신이 나서 골목길을 달려오겠니

거기다 소주나 맥주 천쯤 같이 시킨다면
초저녁부터 갑갑한 통 속에서
사내들의 오르내리는 목젖과
출렁이는 뱃구레를 그리워하던 그것들은

오토바이 뒤에 매달려 몸을 흔들겠지
걸그룹처럼 춤을 추며 달려오겠지

봄밤

나보다 늦게 들어온 환자는 저녁이 되자
핸드폰 영상 통화로 목사님을 불러 예배를 본다

저 꼭대기에 누가 있긴 있는지,

내일은 위(胃) 속의 버짐 같은 걸 지져낸다고
밥 대신 링거를 꽂고 몸에 물을 주는데

앞 병상의 늙은 아들이
더 늙은 아버지의 기저귀를 갈아주며
엉덩이를 똑바로 들고 있으라고
호소한다
명령한다
그러다가
아버지 제발 좀 징징거리지 말라고
자식처럼 타이른다

어느덧 그 아들이 나이고

그 아버지도 나였다

그동안 몸을 그렇게 위했는데
여기서는 모든 몸이 남이다

밤이 깊자
예수 믿는 사람도 칸막이 안에서 죽은 듯 조용하고
아들도 아버지 병상 옆에 누웠다

나도 더는 갈 데가 없어
병상 위에 내가 든 몸을 눕히고
한방울 두방울 절벽을 뛰어내리는 수액을 센다

상강(霜降) 무렵

누군가는 길어도 마흔 전에
생을 마감하는 게 좋을 것 같다*지만
나는 이미 거기를 지나온 지 오래

이웃집에 그늘이 든다 하여 기르던 오동(梧桐)을 베어내고
그 그늘에서 봉황을 기다리던 가을

살려고만 하면 누가 못 살겠는가
나는 나에게 좀더 다정할 수도 있었으나
기다리던 다정은 언제 오는가

가을 하나를 건너는 데도
나무 이파리들에겐 몇대(代)의 적공(積功)이 필요한데
제대하는 아들은 스물세살
부모님 계신 가산(家山)의 퉁갈은 장끼 눈처럼 붉다
그래도 생은 모른다
언젠가 한번 다녀가라는 여자도 있었고
깨알 같은 시로 세상을 걱정하며

그때야 무슨 말을 못했겠는가

깨끗하구나 처연(淒然)이여
맑은 날 하늘에 몸을 씻고
벌레들은 땅속으로 들어가고
나는 바짓가랑이를 걷고 다시 푸른 저녁을 건넌다

* 요시다 켄꼬오 「도연초」에서.

시인 박남철

스팸 메일처럼 부음이 왔다
삼십대 후반쯤이었는지 어느 해
젊은 여성과 동행한 시인과 나는
속초 갯가에서 문어 안주로 낮술을 마셨다
시가 부러웠고 머리카락도 열정적이었다

그로부터 삼십년도 더 지나 내가 어떤 문학지에
객없이 이름을 올려놓고 있던
한 날 첫새벽에 그에게서 전화가 왔다
대뜸 야 이 엑스엑스엑스야
누가 나에게 원고 청탁하랬어
그는 거침없이 육두문자를 날렸고
나는 쓸데없이 쫄아서 공대했다

끊으면 다시 걸었다
걸면 다시 끊었다

이삼년 지나 우연히 인사동에서

우리는 다시 초면처럼 인사를 나눴다
정말 아무것도 모르는 사람들처럼
그렇게 일생에 단 두번을 만나고
오늘 루머 같은 부음을 들었다

나는 벌써 나처럼 그가 그립다

얼마나 외로웠으면 그랬을라고,
시인을 잃고 눈이 퉁퉁 부었을
그의 시도 안됐다

함흥냉면

함흥은 없고 냉면만 남았다

함경남도 바닷가
집은 멀고 고향 잃은 음식이다

그해 겨울 눈 내리는 흥남에서
LST 타고 떠나온 뒤

함흥냉면에는 함흥이 없고
메밀이 들어 있다

못 가는 북방의 냉기처럼 서늘한
더운 날엔 한참 혀가 기쁘라고

굵은 고추무거리에
푸덕한 명태 버무려 회를 얹은

잇몸을 간질이는 면발을 끊어내며

척척 감아 날래 먹고 나면
왠지 섭섭한 음식

함흥은 못 가고 냉면만 먹는다

Jangajji Road

강변역을 떠나 동대문역사문화공원역에서
낙타를 갈아탄다
이 길은 천리 밖 동해를 떠난 내가
월곡(月谷)에 깻잎장아찌를 전해주는 길,
사막의 어딘가에 둔황(敦皇)이 있었던 것처럼
낡은 벽화로 가득한 이 동굴에서
나는 대개 경전을 읽거나 눈을 감고 면벽한다
월곡에는 자식들이 있다
그들은 나의 고국(故國)이다
스쳐가는 역마다 지푸라기 같은 사내들과
아이를 못 낳는 계집들과
핸드폰을 든 행자들이 티끌처럼 아우성을 친다
험준한 산악을 넘어 여기까지 오는 데만
예순해가 더 걸렸다
월곡은 서(西)에 있고
동쪽에서 살던 일을 다 잊지는 않았으나
월곡에 이르면 나는 다시 돌아가지 못할 것이다
그리고 언젠가 이곳은 발굴될 것이다

나는 고단한 낙타에게 물을 먹이고
해 지는 풍경을 보고 싶었으나
주린 낙타는 고개를 높이 쳐들고 막무가내
사막의 풍진 속으로 들어간다
나는 경전을 덮고 월곡을 향하여
지금 미아역을 지난다고 문자를 날리는데,
스크린 도어가 닫히고 언뜻언뜻 맞은편 동굴 벽에
그림자 같은 내 모습이 지나간다

십일월의 노래

십일월은 가을의 식민지,
무능한 정부는 늦게 온 꽃들마저 시들게 하고
돼지감자를 살찌운다

망명지의 커피집
문짝에 적힌 대로 전화를 하고 한참 기다리자
주인은 어디선가 늙은 차를 몰고 온다
식민지에는 마약이 따로 없다

날이 차고 무는 바람이 든다
나도 나에 대하여 할 만큼 했으므로
소설(小雪) 지나 한 날 송창식이나 부르며
내가 없는 곳으로 가고 싶다

제국의 햇빛은 보드까처럼 희고
산천은 벌써 기가 죽었다
그때야 그랬다 하더라도 누가
저 산그늘 속의 버섯이나

풀잎들의 노래를 기억이나 하겠는가

그래도 날마다 가을이다
당국의 허가도 없이 식민지 시인들아
사는 게 다 거기서 거기라고
쓰러지는 꽃들을 위로하지 마라,
이렇게 불온한 시절도 가고 나면 그만이냐

십일월이여
나는 아직 더 갈 데가 있다

그래도 날고 싶다

노랑부리저어새는 저 먼 오스트레일리아까지 날아가 여름을 나고 개똥지빠귀는 손바닥만 한 날개에 몸뚱이를 달고 시베리아를 떠나 겨울 주남저수지에 온다고 한다

나는 철 따라 옷만 갈아입고 태어난 곳에서 일생을 산다

벽돌로 된 집이 있고 어쩌다 다리가 부러져도 붙여주는 데가 있고 사는 게 힘들다고 나라가 주는 연금도 받는다

그래도 나는 날아가고 싶다

이상국의 오랜 시의 나라, 산목련꽃

고형렬

1976년 봉두난발의 시 「겨울 추상화」를 『심상』에 발표하면서 이상국은 독특한 발상을 가진 한 시인으로 문단에 등장했다. 그로부터 사십년이 흘렀다. 한국시가 내용과 형식의 육성(肉聲)을 잃고 그간 분열과 해체의 과정을 겪으면서 자기 정체성의 낯선 의문 속으로 편입된 건 사실이지만 모든 시가 그에 동의하진 않을 것이다.

정체성을 잃은 사회는 소외와 좌절, 반복과 덧없음, 불만과 연민만 쌓여간다. 게다가 사람들은 늙으면 놀랍도록 비슷해져 수십년 전 약관의 자존심을 그리워하기도 한다. 식민지 시대, 해방공간, 산업화와 공동체 파괴, 민주화 과정을 거치면서 시 역시 스스로 다른 저항의 항체와 성(城)이 되었다.

내가 1954년 늦가을, 휴전선 남쪽의 속초에서 태어나기

전 이상국은 1946년 가을, 삼팔선 북쪽의 양양에서 태어났다. 아직도 영북(嶺北)의 일출 앞에 서면 눈물이 마려워지지만, 그 영북이 우리가 태어난 나라였다. 황지에서 우짖고 수정해온 '시의 나라'에서 올해도 이상국의 '산목련꽃'은 피었고, 나는 그 나라에서 뜻밖의 위안을 받았다.

한 사람으로서 칠십년, 한 시인으로서 사십년 절차탁마해온 지난한 꿈은 이번 '달의 시집'에까지 이르렀다. 그가 구사하는 독특한 언어와 미적 형식은 우리 시의 커다란 한 부분임이 더욱 분명해졌다. 중앙 시풍이란 게 특별히 없다면 지역적인 것이 있을 따름이다. 이 지역성을 민족 개념처럼 터부시할 필요는 없을 것이다.

자비심과 동정심이 없는 사람은 중생이 아니라고 한다. 이 땅에 말 없는 말의 진리가 들어온 이래 말본이 생기고 그 이치와 형식을 살려 이 나라에 다른 말의 새 가지가 뻗기 시작했을 것이다. 인간의 마음에 가닿고자 하는 지고한 꿈의 시였다. 인간의 아픔엔 치료법이 없다지만(프로이트) 이상국 시는 우리의 아픔을 다른 아픔으로 치유했다. 그것이 그의 독자적 길이었다.

큰 나라를 속속들이 살피는 것이 정치라면 시인의 마음은 그에 비할 바가 아니다. 시인들은 작은 시를 경영하면서 애인을 대하듯 하고 만물을 다스리듯 한다. 생명이 타락하고 예속 의지가 보편화하는 사회에서는 수많은 삶이 균형을 잃게 되고, 한국시 역시 그 굴절된 시대 속에서 날개를 잃었거나 추락했거나 크고 작은 폐쇄회로에 갇힐 수밖에 없었다.

그러나 이상국은 시로 언제나 새로운 길을 열었다. 사실 그는 자신의 생애를 통해 변화와 독점, 차별과 성장을 주도한 시대를 다급하게 건너뛰면서 시가 현실과 시간을 포괄하는 장르임을 증명했다. 이곳에 이상국의 '집'과 '나라'가 있다. 기억도 나지 않을 것 같은 그 양양 '서문(西門)'과 옛 '우시장'이 아침저녁으로 그리워지는 까닭도 여기 있다.

그곳은 이제 다다를 수 없는 미지의 영역으로 남았다. 대신 문명과 체제의 융자와 안주를 거부한 그의 언어는 망아(忘我)와 혼돈(混沌) 그 처처를 떠도는 뜻밖의 무상한 선물이 되었다. 시인은 바람이 불어가는 빈집으로 자신의 영혼을 옮기는 일을 멈추지 않았고 그 통각(統覺)으로 꽃과 햇살과 함께 어디론가 이동해갔다. 그곳은 어느 속령(屬領)도 아니다.

너무나 '이상국스러운' 그 '무엇'들이 아지랑이와 는개, 티끌의 프라나(prana)로 흔들린다. 물치천과 진전사, 고성 대간령, 설악의 저녁, 물치비행장, 남대천 운무, 양양시장 골목에 가득하다. 문합(脗合)한 채 나뭇가지 눈을 스친다. "나라는 작아도 다시 못 올 것 같아서/한그릇을 다 비"운 「복국」에선 7번 국도의 우울의 힘이 정말 깊이 가라앉아버리기도 한다.

이상국 시는 오직 저 영북에만 있는 한 형식이다. 시의 말과 시의 집, 시의 나라는 모두 그의 바람이자 물결이다. 피폭된 시간을 복원하는 그의 시는 동쪽으로 가장 멀리 나가 있는 자의 마음 바닥에까지 닿아 있다. 그 언어의 미소는 우리가 죽어 있어서 다시 기억할 수 없는 저쪽의 것들인 양 바닷물처럼 반짝이고 출렁인다.

하지만 나는 시인이 꿈꾸는 그 나라에 도착하지 못할 것이라 판단한다. 아니 그는 도착하지 않을 것이다. 미결과 미도착의 비밀은 그 내면에 존재하는 서오(胥敖) 같은 소국에서 기인했을 것이다. 과거에도 없었고 미래에도 없을 그 나라의 집은 등기가 없는 집이다. 영북적 방황과 저항의 주조(主調)가 지속하는 시들은 한두해 그리워하거나 몇해 살다 떠날 집이 아니다.

나는 시인의 말과 집과 나라를 근대국가의 형성과 관련된 꿈 안에 가둘 수 없다. 근대국가가 한 시인의 최종 꿈일 수 없기 때문이다. 국가로부터 위안받은 적이 없는 나도 자연과 인간의 마음을 다른 패러다임으로 섞어야 한다고 믿는다. 이미 피를 섞어 이즈음에 온 우리의 시간과 언어는 너무 먼 곳에까지 가닿았다.

이십오년 전쯤이다. 나라를 걱정하지 않으면 시가 아니

라는 말을 나는 받아들이지 않았다. 팔십년대 말 마포대교 끝에 있던 창작과비평사의 편집실 북쪽 벽엔 이런 족자 하나가 걸려 있었다. '不憂國非詩也(불우국비시야)'. 본래는 '불애군우국비시야(不愛君憂國非詩也)'이다. 유배된 자가 복권하려는 목민관적 입장에서 썼을 그 글이 왠지 그 시대엔 거슬렸다.

오히려 잘못되고 정체한 나라를 흔들어주는 것이 시가 아닐까. 그 '흔듦'이란 인간을 해방시키고 자유롭게 하는 '자유로움'의 몫이어야 했다. 가뭄에 내리는 빗방울이 모여 반짝이며 어지럽게 흘러가는 빗물 같은 혼란. 나라가 백성을 걱정해야지 시가 임금을 사랑하고 나라를 걱정할 것까진 없다는 한 토막의 기억이다.

이렇게 말하고 싶다. 시인의 나라와 집은 시인의 식솔이 함께 머무는 언어의 나라이자 꽃과 바람이 사는 영혼의 집이어야 한다고. 이상국의 시는 어떤 나라의 문명과 권력 바깥에 있으며 재단식(裁斷式) 비평으로부터 벗어나 있다. 우리 시가 중심으로부터 먼 오지에서 다른 미래로 초월하는 꿈을 버린다면 시에서 더이상 얻을 것이 없을 것이다.

진실은 점점 분명해진다. 우리는 오직 끝이 없는 시의 길 위에 있을 따름이다. 아무도 채워줄 수 없는 언어의 욕망과 삶의 허기를 안고 버티는 시의 막막함이 감히 그에게서 발견되는 것은 또다른 희망이다. 나는 그 보이지 않는 길을

찾아 얼음 속에 핀 빙화(氷花)처럼 그의 시를 읽다가 우리
가 좀더 젊었을 때를 기억했다.

우리가 젊었을 때 본 몸의 가시들이 피어난다. 마당에 바
람이 불어 공중에선 나뭇가지가 흔들리고 쓰레기통에선 찢
어진 비닐봉지가 펄럭인다. 집이나 장터, 길에서 바라보는
그것들은 서로 닮아 있고, 흡사 나의 마음이나 우리나라 같
다. 그 아픔은 문청(文靑) 때와 조금도 다르지가 않아 놀랍
게도 내 눈에 새로워진 것은 아무것도 없다.

한국시에 이상국 시가 없다는 것은 상상할 수 없다. 그가
없[었]다면 양양 시편은 존재하지 않는다. 그의 모든 시 속
에는 더러 부끄럽고 앳되고 숫된 영북의 음악이 흐른다. 양
양의 축복이다. 이것은 또 슬픈 영예이다. 이 영예를 양양
이상의 다른 체제나 구역으로 돌려놓고 싶지 않다. 나라보
다 양양이 더 아름답기도 하거니와 그의 노래는 나라를 걱
정하는 시보다 더 큰 영토를 이미 가졌다.

문득 "마음의 불구를 데리고" "물고기들의 여관"(「어성
전(魚城田)」)에 가고 싶었고, 어느날은 이런저런 생각 끝에
"못을 메워버렸"더니 "마당에 평화가 왔다"(「못을 메우다」)
는 시인의 마음이 머무는 이곳이 모든 시인이 꿈꾸며 떠도
는 전이와 초월의 영역이자 때론 우리를 포위한 무(無)의
세계이다. 우리는 어떤 약동(躍動)의 변방과 그 근처를 떠
돈다. 이 부정(不定)에서만 우리는 시인이다.

모든 시는 서정시로 회귀하려 한다. 이 세상 모든 바늘의 눈이 북극성을 향하고 모든 생의 촉수가 죽음을 향하듯 시와 시인은 서정으로 향한다. 탈주든 회귀든 전복이든 고착이든 그 꿈과 숙명은 별을 따라 운행한다. 다만 안개 시국(詩局) 속에서 시(市) 저쪽 끝에 사자(死者)의 무인포스트가 나타날까 두려울 뿐이다.

이상국은 몇 시대를 넘어왔다. 자기 시의 정체성과 새로운 서정을 얻기 위해 휴식 없는 항해를 계속해왔다. 너무 이른 회귀는 아닌지 시간을 계산하고 축지하면서 칠십생을 살아왔지만 어느새 속귀가 생기는 아픔도 몰랐고 좀 늦게 뛰는 손목의 맥도 잡을 수 없었다. 우리는 그렇게 정신없는 시대를 살았다.

하지만 우리가 쓴 그것들이 우리의 전부이다. 생의 근원적 결핍과 허탈감, 현실의 압박과 상실감, 정치적 분노, 이루지 못한 사랑, 유예한 언어 등이 이상국으로 하여금 시의 집을 입주 불가한 그리움의 대상으로 전환했다. 사실 이 나라에서 가장 우리다운 한 변방의 아름다운 시가 되는 순간이었다.

잎이 모두 떨어진 어느 밤에 나목의 금체(金體)를 보고 놀랐던 눈처럼 시인은 일체의 망념 앞에 도착하고자 한다. 하지만 현 거주지인 속초 교동에서 달을 바라보는 시인의 눈은 향가(鄕歌)의 달처럼 가깝게 여겨지다가도, 천균(天

均)의 침묵 속을 바라보는 사람들의 홍채 속에 떠 있는 달을 등지고 앉은 그에겐 아무도 모르는 은산철벽 같은 면이 느껴지도 한다.

어머니를 모셔와서 이렇게 시가 완성된 것이 우리 시에서 얼마 만일까. 망자가 된 지 오래인 어머니의 '그 달'이 시 속에서 기이하도록 밝다. "어려서/우는 강을 따라/지는 해를 쫓아다닐 적,//저고리에 든 꽃물처럼 그대는/내 속으로 들어"(「찬소월가(讚素月歌)」)온 그것을 시인의 어머니 마음으로 읽었다. 시인은 수백편의 시를 썼지만 단 한편의 시도 남기지 않은 어머니는 저 달과 같다.

언덕길을 내려가며 달을 보았을 시인의 얼굴을 가까이 다가가 본다. 당랑 같은 달빛이 시인의 광대뼈에 앉는다. 육신의 시징(始徵)은 어디서 시작된 것일까. 동쪽 먹구름쯤에 눈을 뜬 허연 빛 같다. 우리는 저 또다른 영북의 영북으로부터 무언가를 계속 잃어가면서 먼 길을 떠난 지 오래되었다. 시인의 얼굴에 마맛자국 같은 시의 상흔이 부럽고 아름답다.

나는 아직도 돌아가지 못하는 약년(弱年)에 머물러 있고 형은 집을 떠난 적이 없는데도 평생 더 큰 쓸쓸함을 안고 살아간다. 어찌할 길을 못 찾은 채 이 지구의 객지에서 우리는 살고 있다. 이년 전, 떠나온 곳을 돌아보려고 옛 사진

을 꺼내놓고『등대와 뿔』을 집필했다. 그때 나의 시와 함께
한 이성선과 이상국 두 시인을 기억했다.

영북 시는 먼 대간(大幹)에서 시작했다. 금강과 설악의 동
한만 남쪽으로 급하게 내려와 시의 '뼈'를 삼켰다. 함경 머
리의 동환, 용악, 서북의 소월, 백석에 이어 영북의 이상국
으로 이어지는 시는 슬프고 면면하다. 시가 많은 지역에선
다사(多士)의 일이겠으나 영북에선 처음 일이었다. 그 시절
우리는 설악과 동해의 경계를 삼엄하게 닫아걸고 있었다.

영북 시는 그렇게 한 구조를 이루었고 젊은 시절에 우리
가 떠나온 고향은 설악과 그 강설과 동해가 되었다. 중앙이
아닌 동해안 파랑과 변방의 중심 그 속마음 깊은 바닥에 떨
어져 보석에 닿은 이상국의 사유와 선율은 해가 뜨는 양양
의 아침 해역(海域)이 되었다.

이제 세월은 가고 시인은 죽고 우리는 점점 늙어간다. 가
끔 나는 우리가 죽어 있다는 생각을 한다. 얼마전 이성선을
만났다. 햇살을 등지고 까페 '다랑' 근처를 거닐다 세사람
의 이름이 새겨진 석판을 보고 놀라 깨었다. 죽은 내가 속
초에서 형에게 전화를 거는 나를 보았다. 술집으로 끌고 가
는 형의 모습과 산, 등대, 사람들이 어찌나 낯설던지 다시
태어나야 할 곳 같았다.

죽음은 우리를 다른 모습으로 비춰준다. 죽음과 삶 사이
에 끼여 있는 미농지같이 얇은 거울을 만져본다. 그 거울

앞에서 실체 같았던 우리의 삶은 정작 아름다운 번개와 포말, 그림자였다. 이성선처럼 이상국도 고형렬도 죽는다. 죽음 밖에 있는 현실과 언어, 만물은 그대로겠으나 그 죽음 다음은 아무것도 없다.

그런데 이번 시집의 옷에 묻은 흙 같은 쌔타이어(satire)를 보면서 갈급을 보았다. 그래서 자신에게 남은 것이 별로 없다는 시인을 자유자재하게 해달라고 시마(詩魔)에게 부탁했다. 우리가 이렇게 살면서 사랑하고 유전하고 망가져가고 죽는 것은 다 시 때문이라고 말했다. 삶을 대곡(代哭)할 수 있는 것으로 시에 비견할 만한 것이 우리에겐 없기 때문이다.

형이 사는 속초로 내려가 살고 싶다. 속초는 양평에서 두어시간 거리지만 설악은 점점 멀어지고 점점 높아만 간다. 언제든 만날 수 있는 그리움이 아니길 바라는 것일까. 가끔 속초에서 쳐다보는 외설악의 음영에 몸서리친다. 비도 오지 않는데 미스트 와이퍼를 돌려 기척을 낸다. 설악은 우리의 무언가를 가로막고 있다. 그것은 혹 시간이 아닌지. 우리도 언젠가는 사람이 아닌 무엇으로 있을 것이다.

이상국 시의 주제는 저항과 미결(未決)의 이월로 얽혀 있는 한국 현대시의 시원과 이어져 있다. 그 한 시원이 바로 양양이라는 것은 놀라운 일이다. 그가 빛이 강한 양양의 한 '서정'인 것은 불가역의 사실이다. 이제 동해 달을 보려면

강선리로 가야 한다. 한 시인이 있어 양양이 달의 고도(古都)가 되었다.

서울 모처에서 본 시인의 모습에서 울산바위가 떠올랐다. 그는 하늘울음을 내면서 바람과 구름을 거느리고 어딘가로 천천히 움직인다. 그는 어디로 가고 우리는 어디로 가는 것일까. 시인은 끝까지 자기 길을 갈 것이다. 이상국은 속초에 있을 때가 가장 그답고, 이상국의 시도 양양에 있을 때가 가장 그의 시답다. 우리는 가까이 있지만 또 멀리 있는 고독한 서로의 시인이다.

이상국의 시에선 샐비어 피는 오후의 양양 냄새가 난다. 물속으로 지느러미를 흔들며 사라지는 햇살의 직하가 보인다. 마른 연어와 풀 냄새도 난다. 이 이상의 욕심을 덜기 위해 우리는 고심하고 근신한다. 서로 용서하고 껴안고 가야 하는 삶 위의 길이 시였다.

양양 서문 근처에 나타났던 한 젊은 시인의 산발한 몰골을 떠올리면서 그쯤에서 에돌았을 아픔을 듣는다. 가을 물이 노래한다. 잘 마른 낙엽과 함께 허공에 떠 있는 동안만 우리는 시적일 수 있었고 다른 인간일 수 있었다. 시의 소식이 아주 먼 바다의 수천평 물결에서 파란 날개 모양의 움들을 피운다. 봄 강물이 돌아온다.

달에서 보는 양양을 보고 싶다. 월명사를 비추는 달 아래 헤드라이트를 끈 자동차의 어스름과 함께. 한번도 고향을 떠난 적 없는 시인의 '칠십년 양양'과 '사십년 시'가 아득하게 저무는 '집'에서 사자를 곁에 두고 형과 함께 술을 하고 싶다. 허공에 있는 그 낙엽에 잠시 들를 수 있다면 극(極)이리.

모자(母子)의 생사를 비춘 칠십년 만의 달은 정작 모든 소음과 욕망, 희망과 욕됨을 봉할 수 있는 첫 대면이자 마지막 구경(究竟)일까. 그 애곡(哀曲)이 시인과 어머니가 함께한 달의 치유가 아니었을까. 어머니를 발견한 시인의 눈은 맑고 밝다. 뼛속에 숨은 어느 여인의 은혜이자 잊을 수 없는 초상이다.

양양까지 올라온 구한말 동학 남접들이 이상국 집안에 머물다 떠났다고 하며 한없이 쓸쓸했을 선친을 따라 시인은 낙산사를 즐겨 따라다녔다고 한다. 그의 시에 비치는 인내천(人乃天) 사상과 관음신앙의 내밀성도 이 역사적 배경과 가계사적 유전과 무관치 않을 것이다.

우리는 구약과 예언의 육필이 사라진 시대 속에 갇혔지만 그는 자신의 영혼의 집을 건축했고 그곳에 새로운 언어의 미래를 열었다. 우리는 '읍'으로 가지만 우리의 '집'으로 돌아올 수밖에 없다는 전생(全生)과 시의 시종이 '한 문장'으로 이어졌다. 그의 시는 영북의 문채(文彩)이며 우리 시의 현재이다.

시의 유랑은 얼마간의 종착을 유예했거나 연착하고 있거

나 더 먼 밖으로 밀어낸다. 우리는 우리의 시가 한 나뭇가지에 깃들다 다음 날 하늘로 날아오르는 작은 아침과 노래이길 바라온 그대로 그 저녁과 밤의 산목련꽃에게도 기억되길 꿈꾼다. 시인이 출생한 1946년에 일제히 기를 내리자고 외쳤던 임화의 그 작은 하늘에 이상국의 미풍과 기가 반짝이는 것을 본다.

비록 '추상적 겨울'의 날카로운 눈발이 날릴지라도 시 편편에 첨언하는 수고로움과 부끄러움은 뒷날로 미룬다. 하나의 단으로 묶는 마음을 내는 순간, 시인이 베어 올린 향기로운 산풀이 단을 거부하고 하늘에서 떨어진다. 그의 시는 마구 흩날려 제 얼굴 위에 떨어지는 파란 잎 같은 생의 기쁨이다.

高炯烈 | 시인

어머니는 남의 말 따라다니다보면 해가 져도 집에 못 간다고 했는데 나는 내 말을 쫓아다니다가 좋은 시절을 다 보냈다.

대체로 삶은 자전거를 타고 언덕을 올라가는 것 같기도 했으나 그렇다고 내리막이 없었던 것은 아니지만

스스로는 순해지거나 정처를 구하지 못하는 말들과 설악산 자락 오두막에서 손바닥만 한 생을 이리저리 늘리고 뒤집어보다가 또 한철 봄을 맞는다.

2016년 5월
이상국

창비시선 398

달은 아직 그 달이다

초판 1쇄 발행 / 2016년 5월 9일
초판 5쇄 발행 / 2025년 2월 11일

지은이 / 이상국
펴낸이 / 염종선
책임편집 / 김선영
조판 / 황숙화
펴낸곳 / (주)창비
등록 / 1986년 8월 5일 제85호
주소 / 10881 경기도 파주시 회동길 184
전화 / 031-955-3333
팩시밀리 / 영업 031-955-3399 편집 031-955-3400
홈페이지 / www.changbi.com
전자우편 / lit@changbi.com

© 이상국 2016
ISBN 978-89-364-2398-8 03810

＊ 이 책은 한국문화예술위원회의 아르코문학창작기금을 받았습니다.